AF360166

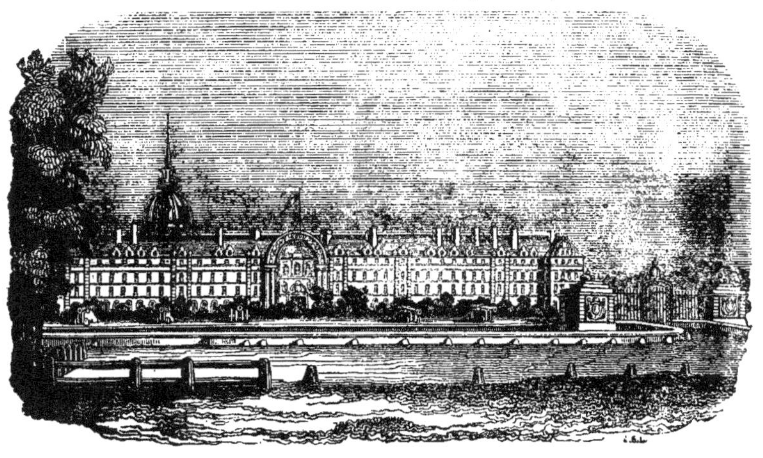

HISTOIRE

D'UN

ESPION POLITIQUE,

SOUS LA RÉVOLUTION, LE CONSULAT ET L'EMPIRE.

PAR

PAR M. N. FOURNIER,

L'un des auteurs de STRUENSÉE, ALEXIS PETROVICKI, de l'HOMME AU MASQUE DE FER,
et de beaucoup d'autres ouvrages dramatiques.

ON SOUSCRIT A PARIS,

AU BUREAU DES PUBLICATIONS HISTORIQUES,

45, RUE DE SEINE SAINT-GERMAIN.

HISTOIRE

D'UN

ESPION POLITIQUE

SOUS LA RÉVOLUTION, LE CONSULAT ET L'EMPIRE,

PAR

M. N. FOURNIER,

L'UN DES AUTEURS DE L'HOMME AU MASQUE DE FER.

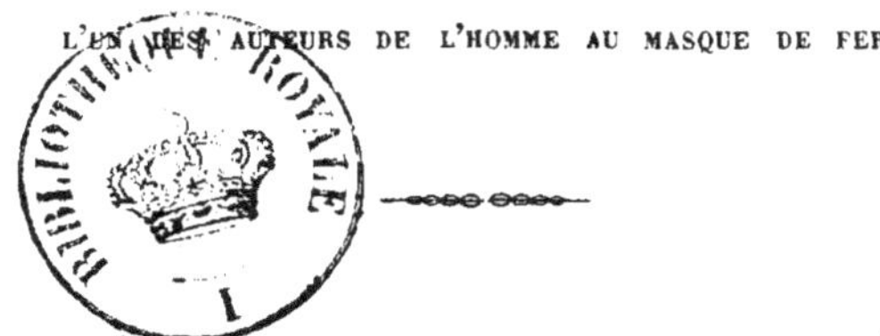

Cet ouvrage, qui embrasse un espace de plus de vingt années, depuis la république jusqu'à la restauration, joint l'attrait du roman et du drame à l'intérêt si grand des époques historiques qui lui servent de cadre. Des faits les plus mystérieux, les plus variés, peu connus ou entièrement ignorés, en font un livre dont la lecture est aussi attachante qu'instructive.

Le nom de l'auteur, déjà connu dans la littérature moderne, est d'avance une garantie de la vogue immense que doit avoir cette nouvelle production, qui déjà compte plus de 25,000 souscripteurs.

Les éditeurs ne négligeront rien pour que l'exécution soit au niveau du mérite littéraire de l'ouvrage.

CONDITIONS DE LA SOUSCRIPTION.

—

Chaque volume, grand in-8, enrichi de quatre magnifiques gravures tirées sur papier de Chine, sera publié en vingt-quatre livraisons. Les éditeurs s'engagent à donner *gratis* toutes celles qui dépasseraient ce nombre.

Le prix de chaque livraison sera de vingt centimes pour MM. les souscripteurs seulement ; il en paraîtra deux par quinzaine, qui seront remises *franco* à domicile, sous une couverture imprimée, au prix de 40 cent. Ces deux livraisons se composeront de 32 pages, ou seulement de 16 pages et d'une gravure.

On ne paiera qu'au fur et à mesure de la réception.

———

ON SOUSCRIT

AVEC NOS VOYAGEURS

ou

AU BUREAU DES PUBLICATIONS HISTORIQUES,

45, RUE DE SEINE SAINT-GERMAIN,

A PARIS.

NOTA. MM. les souscripteurs jouiront de l'avantage de ne payer la livraison que 20 cent. au lieu de 25 cent., prix marqué sur les couvertures, et de s'arrêter, si cela leur plaît, au premier volume de cet ouvrage, qui doit en avoir trois ou quatre tout au plus.

———

Les lettres non affranchies ne seront point reçues.

Paris. — Impr. de POMMERET ET GUÉNOT, rue Mignon, 2.

HISTOIRE

D'UN

ESPION POLITIQUE

SOUS LA RÉVOLUTION, LE CONSULAT ET L'EMPIRE,

PAR

M. N. FOURNIER,

L'UN DES AUTEURS DE L'HOMME AU MASQUE DE FER.

———

Cet ouvrage, qui embrasse un espace de plus de vingt années, depuis la république jusqu'à la restauration, joint l'attrait du roman et du drame à l'intérêt si grand des époques historiques qui lui servent de cadre. Des faits les plus mystérieux, les plus variés, peu connus ou entièrement ignorés, en font un livre dont la lecture est aussi attachante qu'instructive.

Le nom de l'auteur, déjà connu dans la littérature moderne, est d'avance une garantie de la vogue immense que doit avoir cette nouvelle production, qui déjà compte plus de 25,000 souscripteurs.

Les éditeurs ne négligeront rien pour que l'exécution soit au niveau du mérite littéraire de l'ouvrage.

1846

CONDITIONS DE LA SOUSCRIPTION.

—

Chaque volume, grand in-8, enrichi de quatre magnifiques gravures tirées sur papier de Chine, sera publié en vingt-quatre livraisons. Les éditeurs s'engagent à donner *gratis* toutes celles qui dépasseraient ce nombre.

Le prix de chaque livraison sera de vingt centimes pour **MM.** les souscripteurs seulement; il en paraîtra deux par quinzaine, qui seront remises *franco* à domicile, sous une couverture imprimée, au prix de **40** cent. Ces deux livraisons se composeront de **32** pages, ou seulement de **16** pages et d'une gravure.

On ne paiera qu'au fur et à mesure de la réception.

————

ON SOUSCRIT

AVEC NOS VOYAGEURS

ou

AU BUREAU DES PUBLICATIONS HISTORIQUES,

45, RUE DE SEINE SAINT-GERMAIN,

A PARIS.

NOTA. **MM.** les souscripteurs jouiront de l'avantage de ne payer la livraison que 20 cent. au lieu de 25 cent., prix marqué sur les couvertures, et de s'arrêter, si cela leur plaît, au premier volume de cet ouvrage, qui doit en avoir trois ou quatre tout au plus.

—

Les lettres non affranchies ne seront point reçues.

Impr. de Pommeret et Guénot, rue Mignon, 2.

HISTOIRE

D'UN

ESPION POLITIQUE

SOUS LA RÉVOLUTION, LE CONSULAT ET L'EMPIRE,

PAR

M. N. FOURNIER,

L'un des auteurs de STRUENSÉE et de l'HOMME AU MASQUE DE FER.

Cet ouvrage, qui embrasse un espace de plus de vingt années, depuis la république jusqu'à la restauration, joint l'attrait du roman et du drame à l'intérêt si grand des époques historiques qui lui servent de cadre. Des faits les plus mystérieux, les plus variés, peu connus ou entièrement ignorés, en font un livre dont la lecture est aussi attachante qu'instructive.

Le nom de l'auteur, déjà connu par de nombreux succès dans la littérature moderne, est d'avance une garantie de la vogue immense que doit avoir cette nouvelle production, qui déjà compte plus de 25,000 souscripteurs.

Les éditeurs ne négligeront rien pour que l'exécution soit au niveau du mérite littéraire de l'ouvrage.

CONDITIONS DE LA SOUSCRIPTION.

Chaque volume, grand in-8, enrichi de quatre magnifiques gravures tirées sur papier de Chine, sera publié en vingt-quatre livraisons. Les éditeurs s'engagent à donner *gratis* toutes celles qui dépasseraient ce nombre.

Le prix de chaque livraison sera de vingt centimes pour MM. les souscripteurs seulement; il en paraîtra deux par quinzaine, qui seront remises *franco* à domicile, sous une couverture imprimée, au prix de QUARANTE CENTIMES; ces deux livraisons se composeront de 32 pages, ou seulement de 16 pages et d'une gravure.

On ne paiera qu'au fur et à mesure de la livraison.

ON SOUSCRIT

AVEC NOS VOYAGEURS

OU

AU BUREAU DES PUBLICATIONS HISTORIQUES,

18, RUE NEUVE-DE-L'UNIVERSITÉ,

A PARIS.

Les lettres non affranchies ne seront point reçues.

NOTA. L'ouvrage étant entièrement imprimé, MM. les Souscripteurs jouiront de l'avantage de le recevoir complet et de ne payer que 4 fr. 80 c. à la réception, et ensuite 1 fr. 60 c. par mois jusqu'à parfait paiement.

L'ouvrage se compose de 4 volumes. Chaque volume ne coûte que 4 fr. 80 c.

Paris. — Imprimerie de Pommeret et Moreau, quai des Grands-Augustins, 17.

HISTOIRE

D'UN

ESPION POLITIQUE.

CHAPITRE PREMIER.

La Porte du Boulanger.

C'était au mois de décembre 1792, époque terrible! quelques jours avant le procès de ce malheureux roi qui ne sut rien prévoir ni rien empêcher, coupable d'inertie, d'irrésolution, d'aveuglement, de tout enfin, excepté des crimes dont il fut accusé. A Paris régnait une sombre fermentation ; le peuple, ivre de doctrines révolutionnaires, se passionnait au gré de ses meneurs, contre tous les obstacles qui, de près ou de loin, retardaient sa marche vers le but qu'on lui avait montré comme le terme de ses sacrifices et de ses souffrances. Si d'un côté les brillantes victoires de nos armées enlevaient à quelques agitateurs ce prétexte d'énergie désespérée et de salut public à tout prix, levier puissant dont ils s'étaient servis pour soulever les masses, de l'autre, l'aspect de la Vendée de plus en plus menaçante ravivait l'animosité populaire : les nobles, les prêtres, les émigrés, tous accusés sans distinction, et convaincus sans jugement d'une conspiration permanente contre la nation fran-

çaise, devaient se tenir hors de portée de leur redou-
table ennemi; sinon, traqués comme des bêtes fauves,
ils étaient arrachés de leur asile, tués sur place ou dans
les prisons. De nouveaux ferments de colère et de peur
(l'une s'inspire souvent de l'autre) s'ajoutaient encore
au levain révolutionnaire; on s'entretenait mystérieuse-
ment de découvertes faites aux Tuileries, dans la fa-
meuse *armoire de fer*, de papiers ténébreux mis au
jour, de trames liberticides, dont les Parisiens s'exa-
géraient la portée, quoiqu'à cette époque les com-
plots ourdis anciennement pour le salut du roi ne
fussent guère à redouter que pour sa tête compromise;
en outre, une disette factice, produite, disait-on, par la
malveillance et par des accaparements de grains, s'éten-
dait par toute la France; les rumeurs les plus alar-
mantes circulaient à ce sujet, et, comme il est d'usage
en pareil cas, le mal supposé engendrait le mal réel, le
peuple devenant plus avide et les possesseurs de grains
plus défiants; si bien que chaque journée faisait craindre
une émeute qui laissait souvent des traces de sang.

Le carrefour du Bonnet-Rouge (ci-devant de la Croix-
Rouge) était encombré d'hommes et de femmes, bourgeois et gens du peuple, rangés sur quatre files, depuis la
boutique du boulanger Jacques Comet, établi au coin de
la rue de Sèvres, jusqu'à l'entrée de la rue du Four. Deux
commissaires de la section, reconnaissables à leurs cein-
tures tricolores, se tenaient à droite et à gauche de la
porte de la boutique, et ne laissaient les citoyens pénétrer
chez le boulanger que deux par deux. Il y avait bien de
temps en temps quelques réclamations, quelque dispute
de paroles ou quelque rixe engagée entre les plus pres-
sés; mais généralement l'ordre était assez bien maintenu
par ceux même qui attendaient leur tour, et qui, vêtus

de carmagnoles et armés de bâtons noueux, tenaient en respect les aristocrates assez ennemis de l'égalité pour vouloir passer avant eux. La galanterie était bannie des rangs : d'abord, la société française n'en était plus là; et puis, comme il fallait perdre une demi-journée de travail pour se faire délivrer une ration de pain, aucun homme ne se trouvait qui voulût sacrifier ses moyens de subsistance au plus charmant minois du monde; aussi, s'il arrivait par hasard que quelqu'un cédât sa place à une jolie fille, on pouvait parier hardiment que celui-là était un amoureux.

La pauvre Thérèse n'avait pas d'amoureux; elle était jolie pourtant; elle était blonde, elle avait de beaux yeux bleus; âgée de dix-sept ans à peine, la confiance et la naïveté respiraient sur sa physionomie; mais la souffrance précoce, le travail et les longues veilles y avaient aussi empreint leurs traces. Thérèse portait des vêtements de deuil; mais hélas, quelle que fût sa douleur, elle avait à peine le temps de pleurer! La pauvre enfant, ouvrière en lingerie, était obligée de passer les nuits courbée sur son ouvrage; depuis quinze jours il fallait que dès le matin elle se trouvât sur la place, attendant son tour pour obtenir les rations modiques qui faisaient vivre son grand-père et sa grand'mère, tous deux infirmes et presque réduits à la misère. Dix heures sonnaient à l'horloge voisine, et depuis six heures déjà la jeune ouvrière, pâle et frissonnant de froid, songeant aux deux vieillards qui l'attendaient, n'avançait que bien lentement; elle avait souffert sans se plaindre plus d'un passe-droit : Thérèse était si modeste! enfin elle ne se voyait plus qu'à dix pas de la bienheureuse boutique du boulanger, et elle allait recueillir le prix de sa patience. Deux hommes se trouvaient à côté d'elle, l'un de haute taille, maigre, la physionomie sournoise et sombre; l'autre gros, rebondi et enluminé. Ce dernier personnage, bien connu dans le quartier, était un mercier de la rue du Cherche-Midi, enthousiaste des principes révolutionnaires; Nestor-Curtius-Publicola, comme il se faisait appeler à sa section, Michel Trinquart, comme il avait plu au ciel et à sa marraine de le nommer, passait sa vie sur les places publiques, discutant, pérorant, foudroyant les ennemis de la nation, comme on le faisait aux clubs et dans les écrits périodiques, et croyant de bonne foi sa parole indispensable au salut de l'Etat. En ce moment, par exemple, à peine sorti de chez le boulanger, au lieu de rentrer comme les autres au logis avec sa ration, il s'était arrêté à disserter, son morceau de pain sous le bras, et tenant à la main deux journaux de l'époque, *le Sans-Quartier* ou *le Rogomiste national*, et *le Sapeur sans-culotte*. Que devenait pendant ce temps-là son commerce? Le zélé citoyen répondait aux modérés qui lui adressaient cette question que la citoyenne Prudence, son épouse, le suppléait au mieux dans ces occupations vulgaires; mais des voisins, malintentionnés sans doute, assuraient que la citoyenne Prudence se mêlait aussi très-activement de politique, ayant chaque jour des conférences prolongées avec un jeune Marseillais, l'un des héros du dix-août. Quoi qu'il en fût, l'esprit du digne mercier était à cent lieues de son ménage et de ses affaires; ce qui l'occupait, c'était la nomination de Chambon, nouveau maire de Paris, qui venait de remplacer le tiède Pétion; et Michel Trinquart approuvait fort ce choix, comme il approuvait tout, étant de ces optimistes qui ne restent jamais en arrière d'un mouvement, mais qui ne le devancent jamais : pour ces gens-là il n'y a ni passé ni avenir; ils dédaignent l'un, et ne

LA FÊTE DES ROIS EN 93.

Imprimé par Plon frères.

s'occupent pas de l'autre; ils triomphent dans le présent; ce qui arrive est toujours ce qu'ils ont voulu; ils l'admirent, ils s'y tiennent, jusqu'à ce qu'un nouvel événement vienne déplacer leur point d'arrêt et leur admiration. Notre mercier était enfin une variété de cette race moutonnière qui donne force par le nombre à tous les chefs aventureux du troupeau humain; la route une fois ouverte, il s'y précipitait tête baissée. C'était donc avec toute la chaleur possible qu'il s'efforçait d'imposer son enthousiasme au farouche personnage qui se trouvait près de lui; mais son éloquence avait peu de succès; suivant cet homme qui ne lui répondait que par quelques phrases brèves et violentes, la révolution était à peine commencée; on n'avait rien fait de ce qu'il fallait faire; on n'avait pas assez d'énergie, on endormait le peuple, on trahissait le peuple! Eh quoi! l'on avait peur de verser du sang! mais le sang des ennemis de la république était-il donc si pur? L'arbre de la liberté, pour croître, demandait à en être arrosé, et la république ne serait solidement établie que le jour où l'on ferait tomber à ses pieds les cent mille têtes de l'hydre aristocratique.

Ces paroles, proférées avec un accent sauvage, commençaient à agiter la foule déjà irritée par mille bruits menaçants; les hommes violents qui se trouvaient là se groupaient autour de l'orateur et servaient d'échos à son indignation; d'autres saisissaient cette occasion de se plaindre, et s'en prenaient de leurs souffrances à tout ce qu'on faisait et à tout ce qu'on ne faisait pas. Les gens de sang-froid se taisaient. Grand malheur des temps de révolution! les passions éclatent et la raison s'annule; ce qu'on appelle l'entraînement des masses n'est bien souvent que la lâcheté des majorités.

Pourtant l'honnête bourgeois, dont le système était de soutenir en tout et toujours les principes du pouvoir existant, riposta à ces violences par des phrases qu'il avait apprises la veille à l'assemblée de la section : « L'aurore du bonheur se levait enfin pour la France !....... La révolution régénérée allait produire tous ses fruits..... Il ne s'agissait plus que de les cueillir, etc.; » banalités qu'il avait déjà proclamées avec les autorités successives au 14 juillet, au 5 octobre, au 20 juin, au 10 août, et dans vingt autres circonstances jugées décisives pour le bonheur du genre humain.

— Le bonheur du peuple ! s'écria l'énergumène à la haute taille ; tu oses parler de bonheur ! Vois donc ce qui se passe autour de toi : les modérés, les traîtres sont partout, dans les emplois publics, dans l'armée, dans les clubs ; ils paralysent notre défense ; ils excitent la Vendée ; entre eux et nous c'est une guerre à mort ; savez-vous, citoyens, ce qu'ils espèrent ? ils détruisent les récoltes, ils gâtent ou enfouissent les grains : jugez-en, vous qui attendez un misérable morceau de pain ; ils ont appelé la famine à leur aide : à bas les accapareurs ! mort à ceux qui affament la nation pour la réduire !

— Mort aux accapareurs ! criait-on autour de lui.

Les esprits s'échauffaient ; des groupes tumultueux s'agitaient sur la place ; aux paroles succédaient les gestes menaçants ; les gens timides commençaient à s'effrayer ; Thérèse se serrait instinctivement contre une femme qui était près d'elle ; mais celle-ci sortant des rangs :

— Oui, dit-elle, je dénonce une conspiration d'aristocrates contre la vie du pauvre peuple : hier, à Charenton, on a arrêté des farines; les boulangers sont complices; il faut les pendre!

A ces mots, les commissaires alarmés fendirent la foule pour se porter au centre de l'attroupement; mille clameurs confuses les assaillirent : Du pain! du pain! justice! mort aux ennemis du peuple! Deux représentants de l'autorité opposèrent d'abord une contenance ferme à ces démonstrations; mais bientôt, faute d'habitude de résister aux mouvements populaires, ils se sentirent intimidés : — Pas d'oppression! criait-on; pas de loi martiale! retirez-vous! Alors, pour ne pas abdiquer ostensiblement, ils allèrent droit à la femme qui s'était prononcée avec tant d'énergie, et lui demandèrent qui elle était :

— Tricoteuse, répondit-elle hardiment; et en effet on reconnut aussitôt Louise Camus, une ancienne fruitière, habituée de la convention nationale.

— Et toi? dirent-ils en s'adressant au farouche tribun qui dominait les groupes.

— Voyez ma carte : Gracchus Lenoir, patriote pur, ami de Marat, section de la Montagne.

Les commissaires s'inclinèrent sans mot dire.

Cependant un nouvel incident vint faire diversion à la scène qui se passait sur la place; le boulanger Jacques Comet, inquiet des dispositions du peuple, chercha des yeux, pour se rassurer, les commissaires chargés de maintenir l'ordre; il ne les vit plus à leur poste : la peur le prit, et sur-le-champ, sans calculer les conséquences d'un premier mouvement, il ferma la porte de sa boutique; ceux qui étaient au premier rang et près d'entrer, se voyant ainsi repoussés, se récrièrent en invoquant leur droit, et frappèrent violemment à la porte; leur indignation gagna de proche en proche, la clameur devint générale, les rangs se rompirent, la foule s'aggloméra tout entière devant la boutique en menaçant de l'enfoncer; en vain les commissaires essayèrent de se faire entendre, leur voix était méconnue; ce qui dominait, c'était cette accusation formidable : Il refuse du pain au peuple! il veut affamer le peuple!...... Mille bouches la répétaient, mille échos la portaient aux environs; de toutes les rues du carrefour débouchaient des hommes prêts d'avance à se passionner, et disposés par habitude à des scènes de violence et de meurtre. Pour accroître encore l'effervescence des esprits, l'énergique Gracchus, infatigable dans l'émeute, distribuait des exemplaires de *l'Ami du peuple*, où Marat, évoquant le hideux fantôme de la famine, prêchait le pillage des magasins, à la porte desquels, disait-il, on devait pendre les accapareurs. Ce ne fut bientôt plus qu'un seul cri : A la lanterne! à mort l'accapareur!....

Que se passait-il pendant ce temps-là chez le boulanger? Jacques Comet, pâle, les traits bouleversés, écoutait avec terreur les grondements de la foule de plus en plus furieuse; sa jeune femme, toute tremblante, était venue se réfugier auprès de lui avec leur fils, un enfant de cinq ans. L'orage grossissait de minute en minute, et Jacques Comet pouvait entendre distinctement les menaces de mort proférées contre lui. Il voulut s'enfuir par une porte de derrière; mais la clef ne se trouvait pas. Il perdit du temps; quelques secondes après, la cour était déjà envahie.... Il revint du côté de la place. Que faire? Ouvrir au peuple, s'expliquer, se défendre?... Il tirait déjà le verrou; sa femme se jeta à ses pieds et l'arrêta..... Cependant on frappait à coups redoublés, la porte s'ébranlait..... Elle céda; plusieurs hommes furieux se présentèrent; devant eux était la jeune femme agenouillée, tenant l'enfant dans ses bras : cette vue les arrêta d'abord; mais la foule tumultueuse qui poussait par derrière ne permettait pas d'hésiter longtemps. Ils se saisirent du boulanger, à qui la terreur enlevait tout moyen de résister et qui se contentait de dire d'une voix faible : Ne me tuez pas, ne me tuez pas! Parmi ces hommes quelques-uns furent touchés de pitié; ils l'entourèrent de près en criant à ceux qui les suivaient : A la section! à la section! qu'il soit jugé! Nous allons le conduire nous-mêmes. C'était la seule chance de salut du malheureux Comet; sa femme, qui ne comprenait pas, s'attachait aux vêtements de ceux qui l'entraînaient vers l'arrière-boutique. Laissez-le, criait-elle : grâce! grâce! Et elle essayait de les retenir. Reste en repos, malheureuse, lui dit quelqu'un tout bas; tu le perds. Pendant ce temps on courait ouvrir la porte de la cour pour l'emmener de ce côté, où le peuple était moins animé; mais comme le boulanger mettait déjà le pied sur le seuil : Arrêtez, s'écria une voix forte, arrêtez! ce sont des traîtres, ils veulent le soustraire à la justice du peuple; et aussitôt Gracchus Lenoir s'élança suivi d'une dizaine d'hommes aussi farouches que lui; leurs bras nus étaient armés de bâtons; leurs yeux lançaient de sombres éclairs : Il nous le faut! qu'on nous le rende! à mort! à mort! Ces vociférations intimidèrent les premiers arrivés, qui lâchèrent aussitôt le prisonnier; Gracchus le prit par le bras, le tira après lui à travers l'arrière-boutique et la boutique jusque sur le pas de sa porte. A cette vue, le peuple qui remplissait la place poussa un long cri de fureur et de vengeance; puis le forcené n'eut plus qu'à lancer sa victime dans le plus épais de la masse; il put suivre de l'œil les ondulations de la foule s'ouvrant et se refermant sur le malheureux, et les oscillations du corps à droite et à gauche, et la route ensanglantée que lui frayaient ses bourreaux tant qu'il put s'y débattre, jusqu'à ce que la lutte s'affaiblît et cessât tout à coup. La populace ne promenait plus qu'un cadavre meurtri; bientôt même les traces de son passage se divisèrent, et des lambeaux de chair, souillés de boue, amusèrent longtemps la férocité de ces prétendus vengeurs de la nation.

Journée d'horreur, précédée et suivie de tant d'autres! Est-ce à l'égarement du peuple, à ses souffrances, à ses terreurs, à ses ressentiments enfin, exaltés jusqu'à la frénésie, qu'il faut attribuer de pareilles scènes? ou faut-il rejeter le sang versé à la face d'un régime vaincu, dont les agents remuaient la lie de la société pour en faire sortir les germes délétères, mortels à la révolution?

De tous les côtés on s'est mutuellement renvoyé la responsabilité de ces terribles excès; ce sont là des questions que l'impartialité de l'histoire n'a pas encore complétement éclaircies: cependant à nous qui avons vu depuis 1830 la marche et les desseins des partis extrêmes, dans des circonstances bien moins cruelles que celles qui ont troublé la raison de nos pères, à nous il devient plus facile de comprendre cette surexcitation des esprits que rapproche, ainsi qu'un lien électrique, une conviction commune, cette ardeur fiévreuse d'arriver au but, cette indifférence sur les moyens, ces illusions sur la sainteté du sacrifice qui poussent à faire aussi bon marché de la vie des autres que de la sienne propre, et qui attribuent le mérite du dévouement aux bourreaux en condamnant les victimes; nous concevons mieux aujourd'hui comment les intentions les plus généreuses se dénaturent en face des obstacles qui ne se laissent pas vaincre assez vite, comment l'impatience de réussir fait illusion sur la facilité du succès, comment les hommes les plus timorés sont amenés par l'exemple des plus hardis à renchérir sur les mesures violentes ; si à ces causes de perturbation morale se joint la faiblesse du pouvoir laissant douter de quel côté est la justice, il suffira alors de la perversité de quelques hommes soudoyés par des factions ou par des cours ennemies pour porter aux plus funestes extrémités la partie ardente des populations. C'est l'étincelle sur la poudre.

Gracchus Lenoir était-il un de ces misérables que nous signalons? Sa conduite après le massacre du boulanger pourrait le faire supposer; aidé de ses compagnons, qui avaient mis en fuite les deux commissaires, il ouvrit toutes grandes les portes de la boutique, et, prenant lui-même un pain sur le comptoir, il donna l'exemple du pillage. Aussitôt la foule se rua sur le magasin, qui fut vidé en un instant; on fouilla les caves; deux garçons boulangers qui s'y tenaient cachés furent d'abord insultés et frappés; mais bientôt ils se confondirent dans la foule, criant plus fort que les autres pour n'être pas reconnus, et parvinrent à s'échapper. Un spectacle douloureux attendait ceux qui montèrent pour dévaliser l'appentis au-dessus de la boutique où couchait le boulanger. La femme de ce malheureux, sa veuve maintenant, était là, assise à terre, inerte, l'œil fixe, n'entendant pas l'enfant effrayé qui pleurait en demandant son père. A la vue de ces infortunés, les hommes qui entraient enflammés de colère et avides de pillage, reculèrent interdits, presque honteux, et commençant à comprendre ce qu'ils avaient fait. Mais la multitude, furieuse de ne plus trouver de pain, menaçait déjà de mettre le feu à la boutique; en ce moment le tambour se fit entendre, un détachement de garde nationale traversa à grand'peine la place, hué par les uns, applaudi dérisoirement par les autres, gourmandé tout bas par quelques-uns qui lui reprochaient d'arriver si tard, et pénétra enfin dans la boutique du boulanger. L'ordre fut rétabli avec quelque difficulté; les principaux meneurs disparurent, entre autres le zélé Gracchus Lenoir. La boutique fut bientôt évacuée, et quelques instants après un sergent de la milice parisienne en sortit portant dans ses bras l'enfant orphelin du pauvre boulanger, tandis que deux de ses camarades soutenant la malheureuse femme, la traînaient doucement jusqu'à la section, seul asile qui lui restât dans ce moment. Et le peuple, qui tout à l'heure encore était prêt à s'insurger contre la garde civique, fit retentir l'air d'acclamations sur son passage.

Pendant ce temps qu'était devenue Thérèse, la jeune ouvrière, qui attendait avec tant d'impatience le pain nécessaire à sa famille? Dès le premier moment de l'émeute, elle s'était éloignée vivement de sa voisine *la tricoteuse*, dont le ton lui inspirait autant de répugnance que d'effroi; pourtant, comme elle craignait de perdre du terrain, elle avait voulu reprendre sa place; mais ce fut alors que la porte du boulanger fut fermée par lui si imprudemment et que les mouvements populaires eurent pour effet de bouleverser les tours et les rangs. Thérèse, ne sachant ce qui se passait, se trouva tout d'un coup enveloppée par la foule de manière à ne pouvoir ni avancer ni reculer; effrayée, elle chercha à se dégager; mais elle était si faible! chaque effort de cette frêle créature constatait mieux son impuissance. Pressée à la fois de tous les côtés, privée d'air, perdue au milieu d'une masse humaine dont elle entendait le sourd bourdonnement, comme

une personne qui se noie entend tourbillonner l'eau
qui la suffoque, elle respirait à peine, et ses cris inar-
ticulés demandaient vainement grâce à cette multitude
insensible. Déjà, haletante, éperdue, elle sentait le ver-
tige lui monter au cerveau; déjà une sueur froide inon-
dait ses membres; sa pensée, qui lui échappait, se portait vaguement sur Dieu, sur ses parents, sur ce pain
qu'ils attendaient, puis.... sur rien. Elle défaillait, elle
allait tomber, et tomber dans la foule c'est mourir!...
quand tout à coup un bras la saisit, l'enlève, la
transporte rapidement à cent pas de là; puis, quand
elle respire, quand elle reprend ses sens, elle est
assise sur un petit banc de pierre, et ses regards
tombent sur un jeune homme qui la contemple avec la
plus vive sollicitude.

Les traits du libérateur de Thérèse étaient de ceux qui
se gravent pour toujours dans la mémoire dès qu'on les
a vus une fois. Ce qui frappait d'abord en lui, c'était un
contraste saisissant : les contours de son visage étaient
d'une délicatesse presque féminine, et cependant sa physionomie était empreinte d'une extrême sévérité. Son
abondante chevelure blonde se mariait étrangement à
ses cils noirs, et ses yeux, vifs comme la flamme, modé-
raient leur éclat sous de longues paupières presque toujours abaissées. De ces traits si opposés résultait une
excessive mobilité d'expression qui devait se prêter à
traduire tous les sentiments, sauf peut-être la gaieté; son
front, qui se plissait par instants, trahissait des soucis
précoces; ses lèvres minces, par une contraction sardo-
nique qui semblait leur être familière, dénotaient l'a-
mertume de ses pensées : on s'effrayait de deviner tant
de réflexion et probablement tant de souffrance sur
cette figure de vingt-cinq ans; enfin l'âme de ce jeune

homme, s'il est permis de parler ainsi, paraissait plus âgée que lui.

Son costume était celui d'un honnête ouvrier de cette époque, un pantalon large, une veste ronde qui n'était pas tout à fait la carmagnole, et un gilet rayé assez court; il ne portait pas le bonnet rouge, mais un chapeau à bords rabattus; en ce moment il le tenait à la main et restait debout devant la jeune fille, comme l'eût fait un homme d'une condition plus relevée, dans une attitude à la fois empressée et respectueuse.

Celle-ci parut d'abord confuse sous le regard qui dominait le sien, et rougit de se sentir examinée par ce jeune étranger; mais, surmontant son émotion, elle le remercia avec une effusion chaleureuse :

— Ah! monsieur, lui dit-elle, vous m'avez sauvé la vie! Comptez sur mon éternelle reconnaissance.

— Mademoiselle, lui répondit-il doucement, je suis trop payé de ma peine puisque je vous vois en sûreté.

Il aurait pu employer le tutoiement; à cette époque c'était un droit, que dis-je? c'était un devoir : l'égalité et la fraternité, qui avaient déjà détruit tant de choses, s'en prenaient maintenant à ces nuances délicates du langage qui séparent le respect de l'intimité. Autant valait supprimer l'amour et l'amitié par décret que d'obliger les gens à dire *toi* à tous les indifférents.

Quel que fût le sentiment qui arrêtât ce mot et celui de citoyenne sur les lèvres du jeune ouvrier, Thérèse lui sut gré de sa réserve; elle se hasarda alors à le regarder plus attentivement, et il lui sembla que ce n'était pas la première fois qu'elle voyait son libérateur; elle se rappela confusément un jeune homme qui l'avait suivie la veille, et dont elle crut reconnaître les traits et la tournure. A ce souvenir elle éprouva je ne sais quelle crainte vague, je ne sais quel pressentiment rapide, et elle se leva machinalement comme pour s'éloigner; mais elle était encore bien faible; elle chancelait : le jeune étranger pour la soutenir lui prit la main; Thérèse n'osa pas la retirer : témoigner de la froideur en ce moment, c'eût été se montrer bien ingrate; la défiance n'était-elle pas hors de saison vis-à-vis d'un homme à qui elle devait la vie, et qui paraissait si honnête? Elle se repentit d'un premier mouvement que rien ne justifiait, et résolut de le réparer par un accueil plus cordial. Elle adressa donc au jeune homme son plus charmant sourire en lui disant :

— Merci encore, monsieur; merci pour tant de bonté; à présent je me sens tout à fait remise; me voilà forte, et je crois que je puis regagner la maison de mon grand-père.

— Déjà! prenez garde!

— Il le faut; mon grand-père doit être bien inquiet! et ma pauvre grand'mère! Songez donc, deux vieillards seuls! Ils auront entendu ce tumulte, ces cris... Que doivent-ils s'imaginer, que doivent-ils craindre en ne me voyant pas revenir? Ah! je me reproche chaque minute de retard.....

Et elle se disposa à s'éloigner; mais lui, la retenant doucement :

— Les rues ne sont pas encore sûres, lui dit-il; voyez ces groupes animés, ces hommes ivres de leur colère récente; vous pourriez être insultée par eux : prenez mon bras, laissez-moi vous conduire.

Le premier mouvement de Thérèse fut encore de refuser; mais elle se dit que le moins qu'elle devait à son libérateur, c'était de le présenter à sa famille, et elle passa son bras sous celui de l'ouvrier. Les yeux de celui-ci brillèrent de joie, et un sourire de triomphe se dessina sur ses lèvres.

Thérèse demeurait rue de Vaugirard; ils se mirent en marche; la jeune fille remarqua alors pour la première fois que son compagnon boitait légèrement; elle crut que c'était la suite de quelque blessure, et, croyant le flatter, elle lui demanda s'il revenait de l'armée.

A cette question le jeune homme rougit et parut agité d'une vive émotion : qui l'eût envisagé dans ce moment eût vu sa physionomie, tout à l'heure si douce, se rembrunir jusqu'à l'expression la plus sombre; mais ce ne fut qu'un éclair, et avant que Thérèse eût eu le temps de s'en étonner, il se remit et lui répondit, non sans quelque contrainte :

— Je ne puis pas être soldat, mademoiselle; cette infirmité me vient de naissance.

La jeune fille craignit de lui avoir fait de la peine; elle le plaignit tout en lui assurant que cette imperfection était à peine remarquable; et en effet, quoiqu'elle rendît celui qui en était affligé impropre au service militaire, elle n'avait rien de disgracieux, et pouvait même être regardée comme intéressante; du moins Thérèse attribuait à cette circonstance l'intérêt que son souvenir commençait à lui inspirer.

Il avait eu raison de dire à Thérèse que les rues n'étaient pas sûres; ils furent arrêtés près de la place Saint-Sulpice par une troupe armée qui marchait en poussant des cris; en tête de cette bande on remarquait le farouche Gracchus Lenoir, brandissant une pique rougie de sang, au bout de laquelle pendait je ne sais quel horrible trophée que la jeune fille n'eut pas le temps de voir, car son compagnon la fit retourner en

HISTOIRE

ESPION POLITIQUE

SOUS LA RÉVOLUTION, LE CONSULAT ET L'EMPIRE.

Paris. — TYPOGRAPHIE DE H. VRAYET DE SURCY ET Cᵉ, RUE DE SÈVRES, 37.

HISTOIRE

D'UN

ESPION POLITIQUE

SOUS LA RÉVOLUTION, LE CONSULAT ET L'EMPIRE;

PAR

M. N. FOURNIER,

L'UN DES AUTEURS DE STRUENSÉE, L'HOMME AU MASQUE EN FER, ETC.

TOME DEUXIÈME.

PARIS,

AU BUREAU DES PUBLICATIONS HISTORIQUES,

18, RUE NEUVE DE L'UNIVERSITÉ.

1851

Cet ouvrage formera 4 volumes grand in-8° enrichis de 16 belles gravures tirées sur papier de Chine, et sera publié en 96 livraisons. Les éditeurs s'engagent à donner gratis toutes celles qui dépasseraient ce nombre.

Le prix de chaque livraison sera de 25 centimes; il en paraîtra deux par quinzaine, qui seront remises franco à domicile, sous une couverture imprimée, au prix de CINQUANTE CENTIMES.

Ces deux livraisons se composeront de 32 pages, ou seulement de 16 pages et d'une gravure.

On trouve chez les mêmes éditeurs :

LES FASTES DE LA FRANCE,

PAR C. MULLIÉ.

1 volume in-folio orné de 8 cartes coloriées. Prix : 26 fr. relié.

HISTOIRE DE PARIS,

PAR G. TOUCHARD LAFOSSE,

En 144 livraisons à 30 centimes, 5 gros volumes grand in-8°, ornés de 20 gravures sur acier, et de 4 beaux plans. Prix, broché, 45 fr.

HISTOIRE DES DIFFÉRENTES RELIGIONS,

PAR M. SULEAU DE LIREY.

1 volume grand in-8° illustré de 6 belles gravures sur acier. Prix, broché, 6 fr.; relié, 7 fr. 50 c.

HISTOIRE GÉNÉRALE DE TOUS LES PEUPLES,

INVENTIONS, DÉCOUVERTES ET GÉOGRAPHIE COMPARÉE,

PAR L. GAUDEAU.

5 volumes grand in-8, enrichis de 15 gravures sur acier, et d'un atlas de 12 cartes coloriées. Prix, broché, 29 fr.; relié, 34 fr.

SAINT-CLOUD. — IMPRIMERIE DE BELIN-MANDAR.